AF376042

CONVENTIONS

ENTRE LA

SOCIÉTÉ DES AUTEURS ET COMPOSITEURS DRAMATIQUES

Et M____

DIRECTEUR DU THÉATRE_______________________________________

Vu l'article 3 de la loi du 19 janvier 1791 ainsi conçu :

« *Les ouvrages des Auteurs vivants ne pourront être représentés sur aucun théâtre public*
« *dans toute l'étendue de la France, sans le consentement formel et par écrit des Auteurs, sous*
« *peine de confiscation du produit total des représentations au profit des Auteurs.* »

Vu la loi du 19 juillet 1793 et l'article 10 du décret du 8 juin 1806 ;

Vu la loi du 3 août 1844, celle du 8 avril 1854 et celle du 14 juillet 1866 ;

Vu le décret du 6 janvier 1864 sur la liberté des théâtres ;

ENTRE LA SOCIÉTÉ DES AUTEURS ET COMPOSITEURS DRAMATIQUES, constituée par acte passé devant Me Thomas et son collègue, notaires à Paris, le 24 février 1879 et jours suivants, dont communication a été donnée au Directeur ci-après dénommé ;

Stipulant, ladite Société, aux termes des articles 15 et 16 de l'Acte Social, par la COMMISSION DE LA SOCIÉTÉ DES AUTEURS ET COMPOSITEURS DRAMATIQUES, composée de MM.

« Par délibération prise dans la séance du___________________la COMMISSION DE LA SOCIÉTÉ DES
« AUTEURS ET COMPOSITEURS DRAMATIQUES a délégué M.___________________, l'un de ses
« Membres, susnommé, à l'effet de signer en son nom toutes conventions faites avec les Directeurs des théâtres
« de Paris, et notamment avec M.___________________Directeur du théâtre

Tous faisant élection de domicile, pour l'objet des présentes, au siège de la Société, 8, rue Hippolyte-Lebas
à Paris.   *D'une part;*

Et M.____

Directeur du théâtre____

élisant domicile, pour l'objet des présentes, au Siège de l'Administration dudit théâtre,

D'autre part;

Il a été convenu et arrêté ce qui suit :

CHAPITRE Ier

§ 1

ARTICLE PREMIER. — Tout Auteur qui désirera faire représenter un ouvrage sur ledit théâtre devra faire la remise de son manuscrit au Directeur.

ART. 2. — Le Directeur sera tenu de délivrer un récépissé et un numéro d'ordre à chaque Auteur qui lui remettra un manuscrit.

A cet effet, le Directeur désigne, dès à présent, le   de chaque semaine, jour où les Auteurs pourront se présenter de 1 heure à 4 heures au Secrétariat du théâtre pour apporter ou retirer les manuscrits de leurs ouvrages.

ART. 3. — Dans les trois mois de la remise du manuscrit, le Directeur devra faire savoir à l'Auteur s'il refuse sa pièce, s'il la reçoit définitivement ou à corrections, sous peine d'une amende de CENT francs qui sera acquise de plein droit à l'Auteur, sans mise en demeure et par l'effet seul des présentes conventions, et ce, sans préjudice de la remise du manuscrit.

ART. 4. — En cas de réception, *le titre, le nombre d'actes de l'ouvrage et les noms des Auteurs* seront immédiatement inscrits sur un registre spécial, avec un numéro d'ordre qui fixera le date de la réception.

ART. 5. — Le Directeur devra déclarer les pièces reçues à son théâtre, soit par lui, soit par ses prédécesseurs, antérieurement à la signature des présentes conventions; il indiquera la nature de ces ouvrages, le nombre d'actes dont ils se composent et les noms des auteurs. Cette déclaration sera annexée aux présentes conventions.

ART. 6. — Le Directeur devra, le 1er de chaque mois, envoyer au siège de la Société des Auteurs, 8, rue Hippolyte Lebas, un bulletin extrait du Rogistre des réceptions.

Ce BULLETIN, signé du Directeur ou de son Représentant, contiendra :

1° *Le nombre de pièces reçues dans le mois précédent;*
2° *La date de leur réception;*
3° *Les noms des Auteurs;*
4° *L'indication des pièces dites de circonstances.*

Lorsqu'aucune pièce n'aura été reçue dans le

CHAPITRE I⁰ᵉ

Réception des Ouvrages. — Envoi du Bulletin mensuel. — Délais pour la représentation. — Frais de Copie, Airs nouveaux et Musique de Scène. — Partitions, Mise en Scène. — Distribution des Rôles. — Costumes et Décors. — Répétitions et premières Représentations. — Indemnités.— Retraits des Ouvrages.

ARTICLE PREMIER. — Le Directeur sera tenu de délivrer un Récépissé à chaque Auteur qui lui remettra un manuscrit.

Dans les trois mois de cette remise, le Directeur devra faire savoir à l'Auteur, s'il refuse sa pièce, ou s'il la reçoit définitivement ou à corrections; sous peine d'une indemnité de CINQ CENTS francs qui sera acquise, de plein droit, à l'Auteur, sans mise en demeure et par l'effet seul des présentes conventions; et ce, sans préjudice de la restitution du manuscrit.

En cas de perte d'un manuscrit ainsi déposé, le Directeur sera passible d'une indemnité qui variera de CINQ CENTS francs à QUINZE CENTS francs, suivant le nombre d'actes du manuscrit égaré ou perdu.

ART. 2. — En cas de réception, le Directeur devra du 1ᵉʳ au 6 de chaque mois, envoyer au Siége de la Société des Auteurs et Compositeurs dramatiques, 8, rue Hippolyte Lebas, un bulletin pour chacune des pièces reçues dans le mois précédent; ce bulletin sera signé par le Directeur et contre-signé par le ou les Auteurs de la pièce reçue.

Le dit bulletin contiendra : le titre, le genre et le nombre d'actes de la pièce, la date de sa réception et le nom du ou des Auteurs.

Lorsqu'aucune pièce n'aura été reçue dans le mois précédent, il sera, quand même, envoyé un bulletin portant ces mots : *Pas de réception.*

Chaque année, le 30 avril, il sera fait un recensement des pièces jouées dans la saison précédente, sur le théâtre qui fait l'objet des présentes conventions; et chaque ouvrage qui aura été joué, sans avoir été déclaré, donnera droit à une amende fixée à DEUX CENTS francs au profit de la Caisse de Secours de la Société.

mois, le Bulletin sera envoyé quand même avec ces mots : *Pas de réception*.

Faute par le Directeur d'avoir envoyé le Bulletin ci-dessus indiqué à partir du 6 de chaque mois, il sera passible, et sans qu'il soit besoin de mise en demeure, d'une indemnité de VINGT-CINQ francs par chaque jour de retard, à percevoir au profit de la Caisse de Secours des Auteurs.

§ 2

ART. 7. — Le Directeur devra jouer ainsi qu'il suit les ouvrages reçus :

Ceux en TROIS, QUATRE ou CINQ ACTES, dans le délai de   , à partir du jour de la réception.

Ceux en UN ou DEUX ACTES, dans le délai de

Ces délais expirés, les Auteurs rentreront dans la libre disposition de leur ouvrage et auront droit à l'indemnité ci-après stipulée en l'article 16.

Si les présentes conventions ne sont pas renouvelées, les indemnités fixées par l'article 16 seront immédiatement exi ibles uel ue soit le délai écoulé depuis la réception, et les Auteurs rentreront dans la libre disposition de leur ouvrage.

§ 3

ART. 8. — Après la réception constatée, les Auteurs laisseront au Directeur copie de leur manuscrit qui restera à l'Administration du théâtre.

ART. 9. — Les Auteurs seront tenus, en outre, de fournir à ladite Administration les rôles copiés et deux manuscrits pour la censure. Toutes les autres copies, même celle des changements, seront à la charge de l'Administration, ainsi que les frais de composition et d'arrangement de musique pour les COMÉDIES, DRAMES, VAUDEVILLES et PANTOMIMES.

Il est formellement entendu que ces accompagnements de Musique, Mélodrames, Airs de Vaudeville, Couplets d'ensemble et numéros de Pantomimes ne

Art. 3. — Le Directeur devra jouer ainsi qu'il suit, les ouvrages reçus :

Ceux en UN ou DEUX ACTES, dans le délai de   , à partir du jour de la réception.

Ceux en TROIS, QUATRE ou CINQ ACTES, dans le délai de ·   , également à partir de la réception.

Ces délais expirés, les Auteurs rentreront dans la libre disposition de leur ouvrage et auront droit à l'indemnité stipulée ci-après.

Lorsqu'un ouvrage ne sera pas joué dans les délais ci-dessus indiqués, les Auteurs auront droit à une indemnité qui est fixée ainsi qu'il suit :

1° Pour une pièce en QUATRE ou CINQ ACTES, quel qu'en soit le genre, ... francs ;

2° Pour une pièce musicale en TROIS ACTES, Opéra, Opéra-Comique, Opérette, Ballet, Pantomime ou quelle qu'en soit la dénomination, s'il y est joint une partition nouvelle, ... francs ;

3° Pour une ièce non musicale en TROIS ACTES .... francs ·

4° Pour une pièce musicale en DEUX ACTES, ... francs ;

5° Pour une pièce non musicale en DEUX ACTES, ... francs ;

6° Pour une pièce en UN ACTE, quelle qu'elle soit, ... francs ;

Moyennant le paiement de cette indemnité, le Directeur sera libre de tout engagement à l'égard des Auteurs.

Le droit de retrait du manuscrit et l'indemnité ci-dessus stipulée, seront acquis aux Auteurs de plein droit après l'expiration des délais fixés par le présent article, sans qu'il soit besoin de mise en demeure et par l'effet seul des présentes conventions.

Il est bien entendu que si, par suite de conventions particulières entre l'Auteur et le Directeur, les délais indiqués au présent article 3 étaient réduits, le droit au retrait du manuscrit et à l'indemnité ci-dessus stipulée serait acquis à l'Auteur à l'expiration des délais fixés par les conventions particulières.

Les Auteurs d'un ouvrage, dont les répétitions déjà commencées auront été suspendues pendant plus de *deux mois*, par le fait du Directeur, auront droit à une indemnité *trois fois* plus forte que celle fixée par le présent article, et ils rentreront dans la libre disposition de leur ouvrage, de plein droit, sans mise en demeure et par l'effet seul des présentes conventions.

Si les présentes conventions ne sont pas renouvelées, les indemnités fixées par le présent Article, seront immédiatement exigibles, quel que soit le délai écoulé depuis la réception et les auteurs rentreront dans la libre disposition de leur ouvrage.

Art. 4. Après la réception constatée, les Auteurs seront tenus de fournir à l'Administration du théâtre, les rôles copiés et deux manuscrits pour la Censure.

Les frais de composition et d'arrangement de musique, pour les COMÉDIES, DRAMES, VAUDEVILLES et REVUES, seront à la charge de l'Administration du théâtre.

Il est formellement entendu que ces accompagnements de Musique, Mélodrames, Airs de Vaudeville et Couplets d'ensemble, ne font point du tout partie intégrante de la pièce; que pas plus que les décors, ils ne constituent en aucune manière le fait de collaboration, entre le ou les Compositeurs de ces morceaux et les Auteurs des paroles; que toujours et partout, en Province, à l'Étranger comme à Paris, ces derniers pourront faire jouer leur pièce sans cette musique, soit qu'ils la suppriment purement et simplement, soit qu'ils en choisissent une autre.

Les Compositeurs d'OPÉRAS, OPÉRAS-COMIQUES, OPÉRETTES, BALLETS, PANTOMIMES et tous Ouvrages où le Compositeur fait acte de collaboration avec les Auteurs des paroles, ne seront tenus de fournir à l'Administration

font point du tout partie intégrante de la pièce ; que pas plus que les décors, ils ne constituent, en aucune manière, le fait de collaboration entre le ou les Collaborateurs de ces morceaux et les Auteurs des paroles; que toujours et partout, en Province et à l'Étranger comme à Paris, ces derniers pourront faire jouer leurs pièces sans cette musique, soit qu'ils la suppriment simplement, soit qu'ils en choisissent une autre.

Les Compositeurs d'OPÉRAS, OPÉRAS COMIQUES, OPÉRETTES, BALLETS, et tous ouvrages où le Compositeur fait acte de collaboration avec les Auteurs des paroles, ne seront tenus de fournir à l'Administration que le manuscrit de leur partition. La copie des rôles, chœurs et parties d'orchestre, restera à la charge de l'Administration.

Ces copies, bien que payées par l'Administration, ne seront pas sa propriété et elles ne pourront être qu'à l'usage exclusif du théâtre dont l'exploitation fait l'objet des présentes conventions.

Au cas où la pièce *qui aurait donné lieu* à ces copies serait retirée du répertoire, pour quelque cause que ce soit, les Auteurs et les Compositeurs auront le droit d'exiger la destruction, sous leurs yeux (ou sous les yeux d'un fondé de pouvoirs), de ces copies des rôles, chœurs et parties d'orchestre.

Il est bien entendu que la mise en scène d'un ouvrage fait partie intégrante de la propriété littéraire de l'Auteur; en conséquence, le Directeur sera tenu de communiquer à l'Auteur et de lui laisser prendre copie de la mise en scène telle qu'elle aura été réglée pendant le cours des répétitions.

ART. 10. — Le Directeur pourra exiger que les Auteurs, dont la pièce nouvelle sera imprimée, en remettent cinq exemplaires à l'Administration du théâtre.

§ 4

ART. 11. — *Les Auteurs seuls ont le droit de distribuer les rôles de leur pièce en premier et en double.*

Les Auteurs devront donc, après la réception de leur ouvrage, faire et signer cette distribution. Le Directeur sera tenu de s'entendre avec les Auteurs au sujet des costumes et des décors qui devront être approuvés par les Auteurs.

Si, malgré la distribution indiquée par les Auteurs, un ou plusieurs artistes refusaient leurs rôles, fût-ce même par suite de conventions particulières entre le Directeur et les artistes, les Auteurs pourront retirer leur pièce, et en outre ils auront droit à l'indemnité stipulée à l'article 16.

Si une maladie, ou tout autre cas de force majeure, venait, dans le cours des répétitions, mettre un des artistes de la pièce dans l'impossibilité de créer le rôle qui lui aurait été distribué, le Directeur et les Auteurs s'entendront à l'amiable sur une autre distri-

que le manuscrit de leur partition. La copie des rôles, chœurs et parties d'orchestre restant à la charge de l'Administration du Théâtre.

Ces copies, bien que payées par l'Administration, ne seront pas sa propriété, et elles ne pourront être qu'à l'usage exclusif du théâtre, dont l'exploitation fait l'objet des présentes conventions.

Dans le cas où la pièce *qui aurait donné lieu* à ces copies, ne serait pas jouée sur le théâtre qui fait l'objet des présentes conventions, le Directeur s'engage à les remettre au Compositeur, en même temps que le manuscrit de sa partition et comme supplément d'indemnité.

Il est bien entendu que la mise en scène d'un ouvrage fait partie intégrante de la propriété littéraire de l'Auteur. En conséquence, le Directeur sera tenu de lui communiquer et de lui laisser prendre copie de ladite mise en scène, telle qu'elle aura été réglée pendant le cours des répétitions.

Art. 5. — Les Auteurs seuls ont le droit de distribuer les rôles de leur pièce en premier et en double.

Après la pièce reçue, le Directeur s'engage à communiquer à l'Auteur, le tableau de sa troupe et c'est parmi les Artistes, composant cette troupe, que l'Auteur aura le droit de choisir ses interprètes en premier et en double.

Le Directeur sera tenu de s'entendre avec les Auteurs, au sujet des costumes et des décors qui devront être approuvés par ces derniers

Si malgré la distribution indiquée par les Auteurs, un ou plusieurs Artistes refusaient leurs rôles, fut-ce même par suite de conventions particulières entre le Directeur et les Artistes, les Auteurs pourront retirer leur pièce et, en outre, ils auront droit à l'indemnité stipulée à l'article 3.

Cette indemnité sera immédiatement exigible et l'Auteur rentrera dans la libre disposition de sa pièce.

Si un cas de force majeure venait dans le cours des répétitions mettre un des Artistes de la pièce dans l'impossibilité de créer le rôle qui lui aurait été distribué, le Directeur et les Auteurs s'entendront à l'amiable sur une autre distribution, et s'ils ne peuvent s'accorder, le différend sera jugé par des arbitres nommés à l'amiable, un par les Auteurs, un par le Directeur, et les deux arbitres en nommeront un troisième.

Si dans le cours des représentations, une autre distribution entière ou partielle devenait nécessaire, le Directeur devrait obtenir le consentement des Auteurs et, en cas d'absence dûment constatée de ces derniers, ou faute par eux d'avoir indiqué une nouvelle distribution, le Directeur pourrait la faire lui-même.

Toutes les dispositions précédentes sont de même applicables aux reprises.

bution, et s'ils ne peuvent s'accorder, le différend sera jugé par des arbitres nommés à l'amiable, un par les Auteurs, un par le Directeur, et les deux arbitres en nommeront un troisième.

Si dans le cours des représentations, une autre distribution entière ou partielle devenait nécessaire, le Directeur devra se concerter avec les Auteurs, et en cas d'absence dûment constatée de ces derniers ou faute par eux d'avoir indiqué une nouvelle distribution, le Directeur pourra la faire lui-même.

Toutes les dispositions précédentes sont de même applicables aux reprises.

§ 5

ART. 12. — Personne ne pourra assister aux répétitions d'un ouvrage sans le double consentement des Auteurs et du Directeur.

ART. 13. — Le Directeur devra s'entendre à l'amiable avec les Auteurs pour fixer le jour de la première représentation de leurs pièces ; en cas de désaccord, le différend sera jugé par des arbitres nommés à l'amiable, un par les Auteurs, un par le Directeur, et les deux arbitres en nommeront un troisième.

Dans le cas où les Auteurs, jugeant leur pièce imparfaite ou l'une de ses parties incomplète, voudraient en retarder la représentation, le Directeur pourra mettre les Auteurs en demeure de rendre leur pièce jouable dans le délai de *huit jours*, si c'est une œuvre non musicale, et dans le délai d'*un mois*, si c'est une œuvre musicale. Ces délais expirés, il sera permis au Directeur d'en prendre acte et de passer outre.

ART. 14. — La première représentation d'un ouvrage ne pourra avoir lieu les dimanches et fêtes et les jours de représentation extraordinaire ou à bénéfice, sans le consentement écrit des Auteurs.

ART. 15. — Le lendemain de la première représentation de leur pièce, les Auteurs auront toujours le droit d'exiger une répétition.

La chute d'un ouvrage ne sera un fait acquis et constaté qu'après sa troisième représentation. Les Auteurs d'une pièce mal accueillie pourront donc toujours exiger ces trois épreuves qui devront avoir lieu dans un délai de *huit* jours.

§ 6

ART. 16. — Le Directeur ne pourra, sous aucun prétexte, refuser de faire jouer une pièce définitivement reçue, ni en retarder la représentation au delà du terme fixé par l'article 7.

Lorsqu'un ouvrage ne sera pas joué dans le délai stipulé, les Auteurs rentreront dans la libre disposition de leur manuscrit et auront droit à une indemnité qui est fixée ainsi qu'il suit :

    1° Pour une pièce en QUATRE OU CINQ ACTES, quel que soit le genre,   fr.;

    2° Pour une pièce en TROIS ACTES, si l'ouvrage est une pièce musicale, c'est-à-

Art. 6. — Personne ne pourra assister aux répétitions d'un ouvrage, sans le double consentement des Auteurs et du Directeur.

Le Directeur devra s'entendre à l'amiable avec les Auteurs pour fixer le jour de la première représentation de leur pièce, en cas de désaccord, le différend sera jugé par des arbitres nommés à l'amiable, un par les Auteurs, un par le Directeur et les deux arbitres en nommeront un troisième.

Dans le cas où les Auteurs, jugeant leur pièce imparfaite, où l'une de ses parties incomplète, voudraient en retarder la représentation, le Directeur pourra mettre les Auteurs en demeure de rendre leur pièce jouable dans le délai de *vingt jours* si c'est une œuvre non musicale, et dans le délai de *quarante jours*, si c'est une œuvre musicale. Ces délais expirés, il sera permis au Directeur d'en prendre acte et de passer outre.

Le lendemain de la première représentation de leur pièce, les Auteurs auront toujours le droit d'exiger une répétition.

La chute d'un ouvrage ne sera un fait acquis et constaté qu'après la troisième représentation. Les Auteurs d'une pièce, mal accueillie, pourront donc toujours exiger ces trois épreuves qui devront avoir lieu consécutivement.

Dans le cas où le Directeur se refuserait à donner ces trois représentations, il s'engage à payer aux Auteurs une indemnité de TROIS CENTS francs pour chaque représentation donnée en moins.

dire un Opéra, Opéra Comique, Opérette, Ballet, ou quelle que soit sa
dénomination s'il y est joint une partition nouvelle,   francs;

3° Pour une pièce en TROIS ACTES (non musicale),   francs;

4° Pour une pièce en DEUX ACTES (musicale),   francs;

5° Pour une pièce en DEUX ACTES (non musicale),   francs;

6° Pour un pièce en UN ACTE, quelle qu'elle
soit,   francs;

Moyennant cette indemnité, le Directeur sera libre de tout engagement à l'égard des Auteurs.

Il est bien entendu que la disposition précédente ne pourra profiter qu'aux Auteurs qui suivront les répétitions par eux-mêmes ou s'y feront représenter, en cas d'empêchement ou d'absence, par un fondé de pouvoirs.

Le droit [de retrait du manuscrit et l'indemnité ci-dessus stipulés seront acquis aux Auteurs, de plein droit, après les délais fixés par l'article 7, sans qu'il soit besoin de mise en demeure et par l'effet seul des présentes conventions.

ART. 17. — Les Auteurs d'un ouvrage, dont les répétitions déjà commencées auront été suspendues pendant plus de trois mois par le fait du Directeur, auront droit à une indemnité de MOITIÉ PLUS FORTE que celle fixée par l'article 16, et ils rentreront dans la libre disposition de leur ouvrage de plein droit, sans qu'il soit besoin de mise en demeure et par l'effet seul des présentes conventions.

ART. 18. — Toute pièce inscrite au Bulletin comme *pièce de circonstance*, dont les répétitions auront été suspendues pendant *un* mois par le fait du Directeur et sans le consentement des Auteurs, aura droit à l'indemnité stipulée en l'article 17.

§ 7.

ART. 19. — Les Auteurs, sans aliéner en rien le droit qui leur est reconnu par la loi du 19 janvier 1791 de disposer de leurs ouvrages et conséquemment de les retirer du répertoire de tout théâtre quand bon leur semble, consentent néanmoins, et seulement pour l'exécution des présentes conventions, à restreindre l'exercice de ce droit ainsi qu'il suit :

Pendant la durée des présentes conventions, les Auteurs ne pourront retirer un ouvrage du répertoire du théâtre dont l'exploitation fait l'objet des présentes conventions, lorsque cet ouvrage aura eu représentations consécutives données le soir, en dehors des matinées, dans l'espace de trois cent soixante-cinq jours.

Mais si cet ouvrage n'a pas eu en trois cent soixante-cinq jours ce nombre de représentations dans les conditions ci-dessus indiquées, les Auteurs

Art. 7. — Les Auteurs sans aliéner en rien le droit qui leur est reconnu par la Loi du 19 Janvier 1791 de disposer de leurs ouvrages et conséquemment de les retirer du répertoire de tout théâtre qu'en bon leur semble, consentent néanmoins, et seulement pour l'éxécution des présentes conventions, à restreindre l'exercice de ce droit ainsi qu'il suit :

Les Auteurs ne pourront retirer un ouvrage du répertoire du théâtre dont l'exploitation fait l'objet des présentes conventions, lorsque cet ouvrage aura eu quinze représentations consécutives données le soir en dehors des matinées dans l'espace de trois cent soixante-cinq jours.

Mais si cet ouvrage n'a pas eu, en trois cent soixante-cinq jours, ce nombre de représentations dans les conditions ci-dessus indiquées, ou en cas de faillite du Directeur, les Auteurs en reprendront la libre disposition de plein droit et sans qu'ils soient tenus de manifester leur volonté par acte extrajudiciaire.

Si les Auteurs retiraient ainsi un ou plusieurs ouvrages, ou si les relations de la Société des Auteurs, avec le Directeur venaient à cesser, ce retrait ou cette rupture ne porterait aucune atteinte aux droits acquis par les Auteurs pour les entrées annuelles ou à vie cédées ou à céder en vertu de l'article 12, ci-après.

Les ouvrages appartenant au répertoire dudit théâtre pourront, sans cesser d'en faire partie, être représentés sur les théâtres placés avant et depuis l'annexion dans le rayon de l'ancienne Banlieue, sauf aux Directeurs des

en reprendront la libre disposition de plein droit et sans qu'ils soient tenus de manifester leur volonté par acte extrajudiciaire.

Si les Auteurs retiraient ainsi un ou plusieurs ouvrages ou si les relations de la Société des Auteurs avec le Directeur venaient à cesser, ce retrait ainsi que cette rupture ne porteraient aucune atteinte aux droits acquis pour les Entrées annuelles ou à vie, cédées ou à céder en vertu des articles 43, 44, et 45 ci-après.

Art. 20 — Les ouvrages appartenant au répertoire dudit théâtre pourront, sans avoir cessé d'en faire partie, être représentés sur les théâtres placés, avant et depuis l'annexion, dans le rayon de l'ancienne Banlieue, sauf aux Directeurs desdits théâtres de Banlieue à se conformer aux délais d'usage, c'est-à-dire à ne monter une pièce qu'après la première série de représentations épuisée et à obtenir le consentement écrit des Auteurs.

CHAPITRE II.

§ 1er. *Droit des Auteurs.* — § 2. *Part proportionnelle. Spectacle de plus de quatre pièces. Ouvrages fractionnés. Domaine public. Intermèdes. Perception. Répartition.* — § 3. *Composition de la Recette. Abonnements. Concession. Billets de faveur. Tarif des places. Bordereau des recettes. Vérification des livres.* — § 4. *Billets.* — § 5. *Entrées.*

§ 1er.

Art. 21. — Le droit d'Auteur se compose :

1° D'une part proportionnelle sur la recette brute, avant toute déduction du droit des indigents ;

2° Du droit de signer un certain nombre de billets à chaque représentation ;

3° Du droit d'entrée sur la scène et dans la salle.

§ 2.

Art. 22. — La part proportionnelle des Auteurs est fixée à   pour cent sur la recette brute, *quelle que soit la composition du spectacle ;* elle sera perçue sur toutes les recettes et valeurs quelconques assujetties au droit des indigents.

Dans le cas où le droit des indigents serait supprimé ou exercé dans des bureaux séparés, ladite part proportionnelle des Auteurs serait augmentée d'un DIXIÈME.

Art. 23. — Dans le cas où un spectacle se composerait de *plus de quatre pièces*, il sera perçu pour chaque pièce en sus un droit égal au QUART de la part proportionnelle ci-dessus stipulée, et le droit de billets stipulé en l'article 36 ci-après sera augmenté dans la même proportion.

Art. 24. — Les représentations de fragments d'ouvrages ne seront permises qu'avec le *consentement*

dits théâtres de Banlieue, à se conformer aux délais d'usage; c'est-à-dire à ne monter une pièce qu'après la première série de représentations épuisée et à obtenir le consentement écrit des Auteurs.

CHAPITRE II

Droit des Auteurs en argent. — Spectacles composés de plus de quatre pièces. — Ouvrages fractionnés et Intermèdes. — Domaine public. — Perception. — Répartition. — Composition de la recette. — Abonnements. — Concession. — Billets de faveur. — Service de claque. — Droit des Auteurs en billets. — Entrées.

ART. 8. — LE DROIT D'AUTEUR se compose :

1° D'une part proportionnelle sur la recette brute, avant toute déduction des droits des indigents;
2° Du droit de signer un nombre de billets à chaque représentation ;
3° Du droit d'entrée sur la scène et dans la salle.

ART. 9. — La part proportionnelle des Auteurs est fixée à   pour cent sur la recette brute; quelle que soit la composition du spectacle; elle sera perçue sur toutes les recettes et valeurs quelconques assujetties au droit des indigents.

Dans le cas ou le droit des indigents serait supprimé ou exercé dans des bureaux séparés, ladite part proportionnelle des Auteurs serait augmentée d'un dixième.

Dans le cas où un spectacle se composerait de plus de quatre pièces, il sera perçu pour chaque pièce en sus un droit égal au quart de la part proportionnelle ci-dessus stipulée, et le droit des billets stipulé en l'article 11 ci-après, sera augmenté dans la même proportion.

Les représentations de fragments d'ouvrages ne seront permises qu'avec le consentement exprès et par écrit des Auteurs, mais il est bien entendu que ces Auteurs n'auront que le droit proportionnel adhérent à la fraction représentée, sans toutefois, que ce droit puisse jamais être inférieur à celui d'un acte.

Il est expressément convenu que la part proportionnelle ci-dessus fixée est stipulée à forfait et appartiendra exclusivement et intégralement aux Membres de la Société des Auteurs et Compositeurs Dramatiques, quelle que soit la composition du spectacle et quand bien même ce spectacle se composerait, en tout ou en partie, d'œuvres dites du domaine public ou d'ouvrages composés par des personnes étrangères à ladite Société des Auteurs et Compositeurs dramatiques.

exprès et par écrit des Auteurs, mais il est bien entendu que ces Auteurs n'auront que le droit proportionnel afférent à la fraction représentée, sans toutefois que ce droit puisse jamais être inférieur à celui d'un acte.

ART. 25. — Il est expressément convenu que la part proportionnelle ci-dessus fixée est stipulée à forfait et appartiendra exclusivement et intégralement aux Membres de la Société des Auteurs et Compositeurs dramatiques, quelle que soit la composition du spectacle, et quand bien même ce spectacle se composerait, en tout ou en partie, d'œuvres dites du domaine public ou d'ouvrages composés par des personnes étrangères à ladite Société des Auteurs et Compositeurs dramatiques. Il en sera de même en ce qui concerne le droit de billets stipulé en l'article 36 ci-après; les Agents généraux signeront, au profit de la Caisse sociale, la part de billets afférente aux ouvrages du domaine public.

ART. 26. — Dans le cas où il conviendrait au Directeur d'introduire dans la composition de son spectacle des danses, chansonnettes, expériences de physique ou d'escamotage, exercices gymnastiques, exhibitions d'animaux et autres intermèdes de quelque nature qu'ils soient, la part proportionnelle ci-dessus fixée sera toujours intégralement perçue au profit des Membres de la Société des Auteurs et Compositeurs dramatiques.

Le Directeur sera tenu d'annoncer sur son affiche le titre ainsi que les noms des Auteurs et Compositeurs de tous les fragments détachés d'une œuvre dramatique ou lyrique quelconque qui figurerait comme intermède *dans la composition de son spectacle.* Pour chacun de ces fragments il sera perçu, par les Agents généraux de la Société, et en dehors du droit proportionnel, une somme fixe de   francs.

Ce droit appartiendra exclusivement et intégralement aux Membres de la Société des Auteurs et Compositeurs dramatiques, quand bien même le fragment ou l'intermède représenté aurait été composé en collaboration avec des Auteurs étrangers, sauf au Directeur à désintéresser ces derniers comme il le jugera convenable.

ART. 27. — La part proportionnelle des Auteurs et le droit fixe stipulé pour les intermèdes *sont exigibles chaque soir.*

M. FRANÇOIS DEBRY et M. GUSTAVE ROGER tous deux *Agents généraux de la Société des Auteurs et Compositeurs dramatiques, ont seuls qualité* pour en opérer eux-mêmes ou faire opérer le recouvrement par leurs mandataires, ensemble ou séparément, sur leur simple quittance et sous leur responsabilité, sans que jamais la somme représentant ladite *part des Auteurs* puisse être détournée de sa destination spéciale et employée à un autre usage par le *Direc-*

Il en sera de même en ce qui concerne le droit de billets, stipulé en l'article 11 ci-après, les Agents Généraux signeront au profit de la Caisse sociale, la part de billets afférente aux ouvrages du domaine public.

Dans le cas ou il conviendrait au Directeur d'introduire dans la composition de son spectacle, des Danses, Chansonnettes, Expériences de Physique ou d'Escamotage, Exercices Gymnastiques, Exhibition d'Animaux et autres intermèdes, de quelque nature qu'ils soient, la part proportionnelle ci-dessus fixée sera toujours intégralement perçue au profit des Membres de la Société des Auteurs et Compositeurs dramatiques.

Le Directeur sera tenu d'annoncer sur son affiche le titre ainsi que les noms des Auteurs et Compositeurs de tous les fragments détachés d'une œuvre dramatique ou lyrique quelconque qui figureraient comme intermèdes dans la composition de son spectacle; pour chacun de ces fragments il sera perçu par les Agents généraux de la Société et en dehors du droit proportionnel une somme de _______________________ francs.

Ce droit appartiendra exclusivement et intégralement aux Membres de la Société des Auteurs et Compositeurs dramatiques, quand bien même le fragment ou l'intermède représenté aurait été composé en collaboration avec des Auteurs étrangers, sauf au Directeur à désintéresser ces derniers, comme il le jugera convenable.

La part proportionnelle des Auteurs et le droit stipulé pour les intermèdes sont exigibles à chaque représentation.

M. FRANÇOIS DEBRY et M. GUSTAVE ROGER tous deux Agents généraux de la Société des Auteurs et Compositeurs dramatiques, ont seuls qualité pour en opérer eux mêmes ou faire opérer le recouvrement par leurs mandataires, ensemble ou séparément sur leur simple quittance et sous leur responsabilité, sans que jamais la somme représentant ladite part des Auteurs puisse être détournée de sa destination spéciale et employée à une autre usage, par le Directeur qui en est seulement dépositaire, jusqu'au moment ou Messieurs les Agents Généraux en prennent possession; ladite part d'Auteur, ne pouvant au terme de la Loi, être ni saisie, ni arrêtée par les créanciers, quels qu'ils soient, du Directeur (Art. 2 de la Loi du 19 Juillet 1791).

La répartition des droits perçus pour chaque représentation sera faite par les Agents Généraux, conformément aux décisions de la Commission des Auteurs et sans aucune intervention du Directeur.

teur qui en est seulement dépositaire, jusqu'au moment où MM. les Agents généraux en prennent possession ; ladite part d'Auteur ne pouvant, aux termes de la loi, être *ni saisie, ni arrêtée par les créanciers, quels qu'ils soient, du Directeur* (ART. 2 de la loi du 19 juillet 1791).

ART. 28. — La répartition des droits perçus chaque soir sera faite par les Agents généraux, conformément aux tableaux arrêtés par la Commission des Auteurs et sans aucune intervention du Directeur.

§ 3.

ART. 29. — La recette se compose :

1° De la recette qui se fait à la porte à l'ouverture des bureaux ;

2° De la recette provenant des places louées à l'avance, à l'année, au mois et au jour ;

3° De la somme entrée en caisse durant l'achèvement de la représentation précédente, comme petite recette faite après les comptes arrêtés ;

4° De la somme provenant du prix des billets que les auteurs auraient signés en sus de leur droit ;

5° Du prix de toute entrée à titre d'abonnement ;

6° De toute somme prélevée par l'Administration du théâtre sur les billets dits billets de faveur, soit au théâtre, soit partout ailleurs où ce prélèvement serait opéré.

Toute recette faite directement au contrôle est absolument interdite ; il ne pourra être délivré aucun billet en dehors des bureaux.

ART. 30. — Il est bien entendu que tout abonnement est personnel.

Ne seront pas considérées comme abonnements et ne pourront figurer dans la recette au-dessous du tarif fixé par l'article 32 ci-après, les concessions ou ventes de billets non personnels faites par le Directeur en vertu de quelque convention que ce soit ou stipulées en paiement de frais quelconques. Toute place dont le Directeur aurait disposé à l'avance par concession ou vente de billet non personnel sera toujours, au contraire, évaluée dans la recette au prix de location.

ART. 31. — En ce qui concerne les sommes prélevées sur les billets dits billets de faveur, le Directeur pour assurer l'exactitude de cette partie de la recette, sera tenu de désigner, par un signe connu de MM. les Agents généraux, tout billet donnant lieu à une rétribution quelconque, si minime quelle soit.

Quant aux véritables billets de faveur, c'est-à-dire ceux qui auront été délivrés gratuitement, ils devront chaque soir être mentionnés sur la feuille de contrôle.

ART. 32. — La part proportionnelle des Auteurs, fixée par l'article 22 des présentes conventions, sera perçue d'après le tarif suivant, quand bien même le

Art. 10. — La Recette se compose :

1º De la recette qui se fait à la porte à l'ouverture des bureaux ;

2º De la recette provenant des places louées à l'avance, à l'année, au mois et au jour ;

3º De la somme entrée en Caisse durant l'achèvement de la représentation précédente, comme petite recette faite après les comptes arrêtés ;

4º Du prix de toute entrée à titre d'abonnement ;

5º De toute somme prélevée par l'Administration du théâtre, sur les billets dits billets de faveur soit au théâtre, soit partout ailleurs où ce prélèvement serait opéré ;

6º Des indemnités allouées à l'occasion des représentations gratuites offertes au Public, soit pour les Fêtes nationales, soit pour toutes autres circonstances.

Étant expliqué, que si pour une cause quelconque aucune somme n'était attribuée au Directeur, celui-ci s'engage à payer pour droits d'Auteurs, le droit proportionnel établi à l'article 9, calculé sur la moyenne des recettes du mois précédent.

Toutes recettes faites directement au contrôle sont absolument interdites, il ne pourra être délivré aucun billet en dehors des bureaux.

Il est bien entendu que tout abonnement est personnel.

Ne seront pas considérées comme abonnements et ne pourront figurer dans la recette au-dessous du tarif fixé par le présent article 10, les concessions ou ventes des billets non personnels faites par le Directeur en vertu de quelque convention que ce soit ou stipulées en paiement de frais quelconques. Toute place dont le Directeur aurait disposé à l'avance par concession ou vente de billets, non personnel, sera toujours, au contraire, évaluée dans la recette au prix de location.

La part proportionnelle stipulée à l'article 9 sera perçue sur les billets de service dit de claque, comme si ces billets avaient été pris aux bureaux.

La part proportionnelle stipulée à l'article 9 des présentes conventions ne sera pas perçue sur les billets de service dit de claque, mais à la condition expresse que ces billets ne donneront droit qu'aux places de secondes et de troisièmes galeries et qu'ils ne pourront jamais dépasser pour chaque représentation une somme de .... francs.

En ce qui concerne les sommes prélevées sur les billets, dits billets de faveur, le Directeur pour assurer l'exactitude de cette partie de la recette, sera tenu de désigner, par un signe connu de MM. les Agents Généraux, tous billets donnant lieu à une rétribution quelconque, si minime qu'elle soit.

Quant aux véritables billets de faveur, c'est-à-dire ceux qui auront été délivrés gratuitement, ils devront chaque soir être mentionnés sur la feuille du contrôle.

La part proportionnelle des Auteurs fixée par l'article 9 des présentes conventions, sera perçue d'après le tarif suivant, quand bien même le Directeur, pour quelque cause que ce soit, abaisserait au-dessous du tarif le prix des places de son théâtre.

Dans le cas où le Directeur jugerait à propos d'abaisser le prix des places, porté au tableau ci-après et voudrait faire supporter aux Auteurs, les conséquences de cette réduction, il serait obligé de demander et d'obtenir préalablement le consentement de la Commission.

Si au contraire le Directeur jugeait à propos d'élever le prix des places de son théâtre au-dessus du tarif

5

Directeur, pour quelque cause que ce soit, abaisserait au-dessous du tarif le prix des places de son théâtre

Si, au contraire, le Directeur jugeait à propos d'élever le prix de places de son théâtre au-dessus du tarif ci-après indiqué, la part proportionnelle des Auteurs bénéficierait de cette augmentation et le droit serait prélevé sur le tarif supérieur.

TARIF DES PLACES	AU BUREAU	EN LOCATION

ART. 33. — Dans le cas où le Directeur jugerait à propos d'abaisser le prix des places porté à l'article précédent et voudrait faire supporter aux Auteurs les conséquences de cette réduction, il serait obligé de demander et d'obtenir préalablement le consentement de la Commission.

ART. 34. — Le Directeur remettra chaque soir aux Agents généraux ou à leur représentant un bordereau signé qui contiendra le détail de la recette brute par catégorie de places, avec l'indication des abonnés entrés dans la soirée et le relevé des billets de faveur, afin que le représentant des Auteurs puisse se rendre un compte exact de la composition de la salle.

ART. 35. — Les Auteurs, ou leurs fondés de pouvoirs, auront le droit de se faire communiquer, quand ils le jugeront convenable, les bordereaux et registres de la porte, des locations, abonnements et petite recette, sans que le Directeur ou les employés de son administration puissent, sous aucun prétexte, se refuser à cette communication ni s'opposer à aucune des dispositions inscrites aux présentes conventions.

Les Auteurs auront même, s'ils le jugent nécessaire, un employé choisi et payé par eux qui aura le droit de se tenir dans l'intérieur du théâtre pour vérifier et contrôler tous les billets présentés à la porte.

MM. les Agents généraux de la Société auront, en outre, le droit de se faire communiquer tout traité particulier relatif à des concessions ou ventes de billets consentis par l'Administration du théâtre, et le Directeur s'engage à déclarer d'office aux Agents généraux tous les traités de cette nature au fur et à mesure de leur conclusion.

Chaque infraction de sa part à cette clause le ren-

ci-après indiqué, la part proportionnelle des Auteurs bénéficierait de cette augmentation et le droit serait prélevé sur le tarif supérieur.

TARIF DES PLACES	AU BUREAU	EN LOCATION

Le Directeur remettra chaque soir aux Agents Généraux ou à leur représentant un bordereau signé qui contiendra le détail de la recette brute par catégorie de places, avec l'indication des abonnés entrés dans la soirée et le relevé des billets de faveur, afin que le représentant des Auteurs puisse se rendre un compte exact de la composition de la salle.

Les Auteurs ou leurs fondés de pouvoir auront le droit de se faire communiquer, quand ils le jugeront convenable, les bordereaux et registres de la porte, des locations, abonnements et petite recette, sans que le Directeur, ou les employés de son administration puissent, sous aucun prétexte, se refuser à cette communication, ni s'opposer à aucune des dispositions inscrites aux présentes Conventions.

Les Auteurs auront même, s'ils le jugent nécessaire, un employé choisi et payé par eux qui aura le droit de se tenir dans l'intérieur du théâtre, pour vérifier et contrôler tous les billets présentés à la porte.

Messieurs les Agents Généraux de la Société auront, en outre, le droit de se faire communiquer tout traité particulier relatif à des concessions ou ventes de billets consenties par l'Administration du théâtre, et le Directeur s'engage à déclarer d'office, aux Agents Généraux tous les traités de quelque nature que ce soit, au fur et à mesure de leur conclusion.

Chaque infraction de sa part, à cette clause, le rendra passible d'une amende de DEUX MILLE FRANCS au profit de la Caisse de Secours.

dra passible d'une amende de DEUX MILLE francs au profit de la Caisse de secours.

§ 4.

ART. 36. — Le droit d'auteur en billets est fixé à la somme de   francs par chaque représentation et pour tout le spectacle. La répartition en sera faite conformément à celle fixée par la Commission pour la part proportionnelle sur la recette.

Ces billets, qui peuvent être vendus, sont délivrés et signés directement par les Auteurs ou leurs fondés de pouvoirs, sans aucune intervention du Directeur ou de son Administration.

Ils ne peuvent sous aucun prétexte être refusés au contrôle, et jouissent des mêmes avantages et prérogatives que ceux pris aux bureaux ; ils seront comme eux, échangés contre les contremarques du jour, sans pouvoir être jamais frappés d'aucun droit ou impôt, ni être assimilés aux billets de faveur ou d'Administration.

ART 37. — Le droit de billet afférent à une pièce sera triplé pendant les trois premières représentations de l'ouvrage.

ART. 38. — Les dispositions des précédents articles seront exécutées, quelque diminution qui puisse advenir dans le prix des billets vendus aux bureaux.

ART. 39. — Quand une pièce aura été affichée pour la représentation du soir, les billets signés par l'auteur seront reçus lors même que l'affiche aura été changée.

ART. 40. — Le Directeur pourra exiger des Auteurs le remboursement des billets signés par eux au delà du prix fixé par les présentes conventions.

Ces billets pourront même être refusés, si la somme qu'ils représentent dépasse celle afférente à l'Auteur en vertu de ses droits proportionnels sur la recette.

Les Agents généraux des Auteurs ne recevront en compte aucun billet surchargé et l'Administration du théâtre est autorisée à les refuser.

ART. 41. — Le Directeur s'interdit de racheter directement ou indirectement les billets d'Auteur, comme les Auteurs s'interdisent de les vendre au Directeur, à ses associés, employés ou préposés.

Ces billets d'Auteur n'entrant pas dans la recette et n'étant pas soumis à la perception des droits d'Auteur, ne pourront être vendus ni au bureau de location dans la journée, ni aux bureaux, ni au contrôle le soir.

ART. 42. — En cas de force majeure, et si par une cause indépendante de la volonté du Directeur, les billets venaient à être supprimés, ce complément de droit serait chaque jour payé en argent par le Directeur.

Art. 11. — Le droit d'Auteur en billets est fixé à la somme de _______ _______ francs, par chaque représentation et pour tout le spectacle.

Il se compose, pour le théâtre de_______ :

_______ Fauteuils d'Orchestre, nᵒˢ_______

_______ Fauteuils de Balcon, nᵒˢ_______

_______ Stalles de Parterre, nᵒˢ_______

_______ Baignoires de Face, nᵒˢ_______

_______ Première Loge, nᵒˢ_______

_______ Deuxième Galerie, nᵒˢ_______

Sous aucun prétexte les numéros de ces places ne pourront être modifiés.

La répartition en sera faite conformément à celle fixée par la Commission pour la part proportionnelle sur la recette.

Ces billets qui peuvent être vendus sont délivrés et signés directement par les Auteurs ou leurs fondés de pouvoirs, sans aucune intervention du Directeur et de son Administration.

Ils ne peuvent, sous aucun prétexte, être refusés au contrôle et jouissent des mêmes avantages que ceux pris en location. Ils ne pourront jamais être frappés d'aucun droit ni impôt, ni être assimilés aux billets de faveur ou d'Administration.

Le droit de billets, afférent à une pièce sera quadruplé pendant les trois premières représentations et se composera de :

_______ Fauteuils d'Orchestre, nᵒˢ_______

_______ Fauteuils de Balcon, nᵒˢ_______

_______ Baignoires, nᵒˢ_______

_______ Première Loge, nᵒˢ_______

_______ Deuxième Loge, nᵒˢ_______

_______ Stalles de Parterre, nᵒˢ_______

Les coupons de ces billets seront remis à l'Auteur ou à son fondé de pouvoir, trois jours francs avant la première représentation.

Un service de deux fauteuils d'orchestre portant les nᵒˢ_______ sera fait aux Agents Généraux de la Société à toutes les premières représentations.

Quant une pièce aura été affichée pour la représentation du soir, les billets afférents à cette pièce seront reçus alors même que l'affiche aura été changée.

Le Directeur s'interdit de racheter directement ou indirectement les billets d'Auteurs, comme les Auteurs s'interdisent de les vendre, au Directeur, à ses associés, employés ou préposés.

Ces billets d'Auteur n'entrant pas dans la recette et n'étant pas soumis à la perception des droits d'Auteurs, ne pourront être vendus, ni au bureau de location dans la journée, ni aux bureaux, ni au contrôle le soir.

En cas de force majeure, ou si pour une cause quelconque les billets venaient à être supprimés, le Directeur s'engage à payer chaque jour, en argent et en plus de la part proportionnelle fixée à l'article 9, le montant intégral desdits billets.

§ 5.

Art. 43. — Les Auteurs et Compositeurs dramatiques des ouvrages joués au théâtre qui fait l'objet des présentes conventions, auront droit à leur ENTRÉE PERSONNELLE sur la scène et dans la salle à toute place non louée, savoir :

Pendant 5 ans pour une pièce en 4 ou 5 actes
» 3 » 3 »
» 2 » 2 »
» 1 » 1 »

S'il y a plusieurs Auteurs pour un ouvrage, le droit d'entrée se divisera également entre eux ; néanmoins, l'Administration pourra ne pas reconnaître plus de trois Auteurs pour un ouvrage quel qu'il soit.

Lorsqu'il s'agira de compléter une entrée à vie, les fractions d'actes seront comptées.

Il est bien entendu que pour les pièces musicales le droit des Auteurs de paroles et celui du Compositeur sont absolument distincts et que chaque acte compte *un acte* pour les paroles et *un acte* pour la musique.

Art. 44. — Dix actes représentés donneront droit à *une entrée à vie* pour les Auteurs.

Six actes représentés donnent droit à une entrée à vie pour les Compositeurs.

Vingt actes représentés donneront droit à une seconde entrée à vie, transmissible à un tiers, pour les Auteurs de drames, comédies, vaudevilles, paroles d'opéra comique, opéra, opérette et chorégraphie.

Douze actes représentés donneront aux Compositeurs le même droit à une seconde entrée à vie, transmissible sur la tête d'un tiers.

Cette seconde entrée, ainsi transportée sur la tête d'un tiers, ne sera éteinte qu'à la mort du cessionnaire si ce dernier survit au cédant.

Si l'Auteur ou le Compositeur transporte à vie cette seconde entrée sur la tête d'un tiers et qu'il survive au cessionnaire, cette entrée fera retour à l'Auteur ou au Compositeur pour en disposer comme ci-dessus.

Lorsqu'un Auteur aura fait représenter trente-cinq actes, il aura droit à une troisième et dernière entrée à vie, qu'il pourra concéder comme la seconde.

Lorsqu'un Compositeur aura fait représenter vingt-quatre actes, il aura de même droit à une troisième et dernière entrée à vie, qu'il pourra concéder comme la seconde.

Art. 45. — Après la mort de l'Auteur ou du Compositeur qui aurait acquis cette troisième et dernière entrée à vie, sa veuve ou l'un de ses héritiers conservera toute sa vie l'une ou l'autre de ces deux entrées, si toutes deux n'étaient pas cédées à vie au moment du décès.

En conséquence des dispositions ci-dessus, les Au-

Art. 12. — Tout Auteur et Compositeur dramatique des ouvrages joués au théâtre qui fait l'objet des présentes conventions, aura droit à son entrée sur la scène et dans la salle à toutes places non louées, savoir :

Pendant un an, pour une pièce en un acte ;
Pendant deux ans, pour une pièce en deux actes ;
Pendant trois ans, pour une pièce en trois actes ;
Pendant cinq ans pour une pièce en quatre ou cinq actes ;

Il est bien entendu que pour les pièces musicales, le droit des Auteurs de paroles et celui du Compositeur sont absolument distincts et que chaque acte, compte un acte pour les paroles et un acte pour la musique.

Six actes représentés donneront droit à une entrée à vie pour les Auteurs et pour les Compositeurs.

Douze actes représentés donneront droit à une seconde entrée à vie, transmissible sur la tête d'un tiers.

Cette seconde entrée, ainsi transposée sur la tête d'un tiers ne sera éteinte qu'à la mort du cessionnaire si ce dernier survit à l'Auteur ou au Compositeur.

Si l'Auteur ou le Compositeur transportent à vie, cette seconde entrée, sur la tête d'un tiers et qu'ils survivent au cessionnaire, cette entrée fera retour à l'Auteur ou au Compositeur qui pourra en disposer à nouveau, comme ci-dessus.

Lorsqu'un Auteur aura fait représenter vingt-quatre actes, il aura droit à une troisième et dernière entrée à vie, qu'il pourra céder comme la seconde.

Lorsqu'il s'agira de compléter une entrée à vie les fractions d'actes seront comptées.

Après la mort de l'Auteur ou du Compositeur qui aurait acquis cette troisième et dernière entrée à vie, sa veuve ou l'un de ses héritiers conservera toute sa vie l'une ou l'autre de ces deux entrées, si toutes deux n'étaient pas cédées à vie au moment du décès.

En conséquence des dispositions ci-dessus, les Auteurs, des pièces représentées sous les précédentes administrations auront la jouissance des entrées momentanées ou à vie, acquises comme il est dit ci-dessus.

Pour assurer l'exécution des dispositions relatives aux entrées, le Directeur sera tenu de remettre aux ouvreuses et placeurs la liste des Auteurs ayant leurs entrées, et les Auteurs ou leurs cessionnaires devront être placés sur la simple déclaration de leurs noms et sans l'intervention du contrôle.

Les Membres de la Commission des Auteurs et Compositeurs dramatiques, auront pendant la durée de leurs fonctions, leurs entrées sur la scène et dans la salle, M. François Debry et M. Gustave Roger, tous deux Agents Généraux de la Société, auront également leurs entrées sur la scène et dans la salle, ainsi que M. Edouard Pélicier, Contrôleur général de la Société.

teurs des pièces représentées sous les précédentes administrations anront la jouissance des entrées momentanées ou à vie, acquises comme il est dit ci-dessus.

Pour assurer l'exécution des dispositions relatives aux entrées, le Directeur sera tenu de remettre aux ouvreuses et placeurs la liste des Auteurs ayant leurs entrées, et les Auteurs ou leurs cessionnaires devront être placés sur la simple déclaration de leur nom et sans l'intervention du contrôle.

ART. 46. — Les Membres de la Commission des Auteurs et Compositeurs dramatiques auront, pendant la durée de leurs fonctions, leurs entrées sur la scène et dans la salle. M. François Debry et M. Gustave Roger, tous deux Agents généraux de la Société, auront également leurs entrées sur la scène et dans la salle, ainsi que M. Édouard Pélicier, [Contrôleur Général de la Société.

CHAPITRE III

§ *1er Troupes de passage. Représentations de jour et Conférences. Représentations du soir sans œuvres dramatiques. — § 2. Pièces transportées. — § 3. Représentations à l'étranger.*

§ 1.

ART. 47. — Le Directeur susnommé est et demeure responsable envers la Société des Auteurs et Compositeurs dramatiques de toutes les représentations qui pourront être données sur son théâtre, pendant la durée des présentes conventions, soit le *soir*, soit dans la *journée*, par tous autres Directeurs, Acteurs en Société, Entrepreneurs de conférences, etc., etc. Les représentations de cette nature seront soumises aux obligations et charges du présent traité.

ART. 48. — Attendu qu'indépendamment des conditions supérieures faites entre les Auteurs et le Directeur le droit proportionnel et le droit de billets sont stipulés à forfait sur toutes les représentations de quelque nature qu'elles puissent être, il est et demeure bien entendu que, pour toute Conférence, Concert ou Représentation quelconque, *ne comprenant aucune œuvre dramatique, qui serait donnée dans la soirée,* et qui prendrait ainsi la place d'une véritable représentation dramatique, ledit droit proportionnel fixé par l'art. 22 sera intégralement perçu à titre d'indemnité au profit de la Caisse sociale des Auteurs, et les Agents généraux passeront la totalité du droit de billets au profit de ladite Caisse.

§ 2

ART. 49. — Lorsque, à l'occasion d'une représentation extraordinaire ou à bénéfice, une pièce est transportée d'un théâtre de Paris sur un autre théâtre, les Auteurs n'autorisent ce transport qu'à la condition de percevoir le droit en argent et en billets conformé-

CHAPITRE III.

Représentations extraordinaires.

Art. 13. — Le Directeur susnommé est et demeure responsable envers la Société des Auteurs et Compositeurs dramatiques de toutes les représentations qui pourront être données sur son théâtre, pendant la durée des présentes conventions, soit le soir, soit dans la journée par tous autres Directeurs, Acteurs en Société, Entrepreneurs de conférences, etc., etc., etc. Les représentations de cette nature seront soumises aux charges et obligations du présent traité.

Le droit proportionnel et le droit de billets étant stipulés à forfait sur toutes les représentations de quelque nature qu'elles puissent être, il est et demeure bien entendu que pour toute conférence, concert, ou représentation quelconque, ne comprenant aucune œuvre dramatique, ledit droit proportionnel fixé par l'article 9 sera intégralement perçu à titre d'indemnité au profit de la Caisse sociale des Auteurs et les Agents généraux passeront la totalité du droit de billets au profit de ladite Caisse.

Art. 14. — Lorsque à l'occasion d'une représentation extraordinaire, ou à bénéfice, une pièce est transportée d'un théâtre de Paris, sur un autre, les droits en argent et en billets seront perçus conformément au tarif du théâtre auquel cette pièce appartient.

Il est en outre stipulé que si parmi les ouvrages ainsi transportés, se trouvaient un ou plusieurs ouvrages

ment aux tarifs du théâtre auquel cette pièce appartient.

Il est en outre stipulé que si parmi les ouvrages ainsi transportés se trouvaient un ou plusieurs ouvrages du domaine public, et qu'au théâtre qui est venu les représenter ces ouvrages ne touchassent aucun droit, néanmoins leur représentation sur un autre théâtre donnerait lieu à la perception des droits en argent et en billets.

Le Directeur ci-dessus dénommé s'engage formellement à se conformer aux dispositions du présent article.

Il est bien entendu que les Auteurs peuvent toujours s'opposer au transport de leurs pièces d'un théâtre sur un autre.

§ 3.

ART. 50. — Le Directeur ci-dessus dénommé, dans le cas où il se proposerait d'exploiter à l'Étranger le répertoire de la Société des Auteurs et Compositeurs dramatiques, soit par lui-même, soit par un fondé de pouvoirs ou un associé, soit même avec des artistes engagés spécialement à cet effet, ne pourra le faire qu'avec la double autorisation de la Commission et des Auteurs intéressés.

ART. 51. — Toute représentation donnée en infraction [de l'art. 50 sera passible d'un droit d'Auteur calculé sur la moyenne des représentations du théâtre pendant le premier trimestre de l'année, c'est-à-dire pendant les mois de Janvier, Février et Mars, le Directeur se déclarant dès à présent seul responsable vis-à-vis de la Société des Auteurs et Compositeurs dramatiques.

Ce droit d'Auteur sera perçu quand bien même le théâtre resterait ouvert à Paris.

CHAPITRE IV

Caisse de Secours

ART. 52. — Le Directeur ci-dessus denommé versera, en signant les présentes conventions, une somme de   francs dans la Caisse de Secours de la Société. Il s'engage, par les présentes, à verser chaque année, à la même date, une somme égale dans ladite Caisse de Secours.

En considération de ce qui précède, le Directeur aura le droit de donner chaque année, à son profit personnel une représentation qu'il pourra annoncer comme étant donnée pour la Caisse de Secours de la Société des Auteurs et Compositeurs dramatiques.

CHAPITRE V

§ 1er *Altération du texte des ouvrages. — § 2. Ouvrages composés par le Directeur, ses associés ou employés; collaboration entre Auteurs et Directeurs. — § 3. Traités particuliers; nombre fixe de représentations; cessions de droits; traités au rabais.*

§ 1

ART. 53. — Le Directeur ne pourra, sous aucun

du domaine public et qu'au théâtre qui est venu les représenter, ces ouvrages ne touchassent aucun droit, leur représentation sur un autre théâtre, donnerait lieu à la perception des droits en argent et en billets.

Il est bien entendu que les auteurs peuvent toujours s'opposer au transport de leurs pièces d'un théâtre sur un autre.

Art. 15. — Le Directeur ci-dessus dénommé, dans le cas où il se proposerait d'exploiter à l'Etranger le répertoire de la Société des Auteurs et Compositeurs dramatiques, soit par lui-même, soit par un fondé de pouvoirs ou à un associé, soit même avec des Artistes engagés spécialement à cet effet, ne pourra le faire qu'avec la double autorisation de la Commission et des Auteurs intéressés.

Toute représentation donnée en infraction de l'article ci-dessus, sera passible d'un droit d'auteur calculé sur la moyenne des représentations du théâtre faisant l'objet des présentes conventions pendant le premier trimestre de l'année ; c'est-à-dire pendant les mois de janvier, février et mars.

Le Directeur se déclarant, dès à présent, seul responsable, vis-à-vis de la Société des Auteurs et Compositeurs dramatiques.

Ce droit d'auteur sera perçu, quand bien même le théâtre du   resterait ouvert à Paris.

CHAPITRE IV

Caisse de Secours

Art. 16. — Le Directeur ci-dessus dénommé versera, en signant les présentes conventions, une somme de   francs, dans la Caisse de Secours de la Société, et il s'engage par les présentes à verser, chaque année, à la même date, une somme égale dans ladite Caisse de Secours.

En considération de ce qui précède, le Directeur aura le droit de donner chaque année, à son profit personnel, une représentation qu'il pourra annoncer comme étant pour la Caisse de Secours de la Société des Auteurs et Compositeurs dramatiques.

CHAPITRE V

Altération du Texte des Ouvrages. — Ouvrages composés par le Directeur, ses Employés ou Associés. — Collaboration entre Auteurs et Directeurs. — Traités particuliers. — Cession de Droits.

Art. 17. — Le Directeur ne pourra, sous aucun prétexte, modifier le titre, altérer la forme, changer ou permettre que les Acteurs changent le texte des ouvrages représentés sur la scène de son théâtre, il s'engage

prétexte, modifier le titre, altérer la forme, changer ou permettre que les Acteurs changent le texte des ouvrages représentés sur la scène de son théâtre.

Art. 54. — Le Directeur s'engage à ne laisser jouer aucun ouvrage composé, soit par lui, soit par ses associés, soit par les employés de son Administration, à quelque titre que ce soit, salarié ou gratuit, soit seuls, soit en collaboration.

A chaque infraction, le Directeur sera passible d'une indemnité de CINQ CENTS francs pour chaque représentation de toute pièce jouée contrairement aux prescriptions du présent article, laquelle indemnité sera versée dans la Caisse de Secours de la Société des Auteurs, s'il y a eu collaboration avec un Auteur ou Compositeur Membre de la Société, cet Auteur ou ce Compositeur sera déclaré solidaire et il sera passible de l'application des articles 17 et 18 des Statuts de la Société.

§ 2

Art. 55. — Le Directeur s'interdit de recevoir et de faire représenter aucun ouvrage composé par un ou plusieurs membres de sa famille, sans avoir obtenu l'autorisation spéciale de la Commission des Auteurs. Dans le cas où il passserait outre à une interdiction, les droits perçus à forfait, en vertu des présentes conventions, seraient entièrement acquis à la Caisse de Secours de la Société.

Art. 56. — Le Directeur s'interdit de recevoir et de faire représenter aucun ouvrage écrit par un ou plusieurs membres de la Société des Auteurs et Compositeur dramatiques en collaboration avec ou plusieurs membres de sa famille, sans s'être assuré, au préalable, que les Auteurs possèdent une autorisation écrite de la Commission des Auteurs, permettant cette collaboration.

Cette autorisation devra être demandée verbalement, à la fois par les Membres de la Société, et par leurs collaborateurs.

Dans le cas où l'autorisation serait refusée, le Directeur s'engage à ne pas faire représenter ledit ouvrage, et il se reconnaît, dès à présent, passible d'une indemnité de CINQ CENTS francs pour chaque représentation donnée malgré le refus de la Commission.

Cette indemnité, ainsi que les droits perçus à forfait, en vertu des présentes conventions, seront entièrement acquis à la Caisse de Secours de la Société, sans qu'il soit besoin d'aucune mise en demeure, et par le seul fait de ces conventions.

§ 3

Art. 57. — Le Directeur s'interdit de faire, avec tous Auteurs ou Compositeurs Membres de la Société, et réciproquement les Auteurs et Compositeurs Membres de la Société, stipulant par la Commission, s'interdisent de faire aucune convention particulière ayant pour objet de garantir à l'Auteur ou Composi-

en outre à afficher les titres de tous les ouvrages composant chaque représentation et à indiquer les noms des Auteurs de chacun de ces ouvrages.

Art. 18. — Le Directeur s'engage à ne laisser jouer sur le théâtre, qui fait l'objet des présentes conventions, aucun ouvrage composé seul ou en collaboration, soit par lui, soit par un ou plusieurs membres de sa famille, soit par toute autre personne associée ou intéressée dans sa Direction, soit enfin par les employés de son administration, à un titre quelconque, salariés ou gratuits, sans avoir obtenu l'autorisation de la Commission des Auteurs et Compositeurs dramatiques.

Dans le cas où le Directeur passerait outre à une interdiction, il serait passible d'une amende de TROIS CENTS francs par représentation, au profit de la Caisse de Secours, et les droits perçus à forfait en vertu des présentes conventions, seraient entièrement versés dans la Caisse de Secours de la Société.

S'il y a eu collaboration avec un ou plusieurs membres de la Société, les articles 17 et 18 des Statuts pourront leur être appliqués.

teur un nombre déterminé de représentations. — Le Directeur interdira également ce droit à tous associés et employés de son administration à quelque titre que ce soit, salarié ou gratuit.

Par chaque infraction au présent article, le Directeur devra de plein droit, solidairement avec l'Auteur ou Compositeur contractant, sans mise en demeure et par l'effet seul des présentes, une indemnité de DEUX MILLE francs à la Caisse de Secours des Auteurs, sans préjudice de l'application qui pourra lui être faite de l'art. 62.

ART. 58. — Toutes conventions particulières en dehors et au-desssus des conventions générales sont, aux termes mêmes des Statuts, absolument interdites.

La même interdiction absolue est faite au Directeur par les présentes conventions ; dans le cas où il contracterait, soit personnellement, soit par un de ses associés, employés ou tout autre intermédiaire des arrangements particuliers stipulant des ventes, cessions de droits d'Auteurs ou marchés quelconques en dehors et au-dessous du tarif fixé par les présentes conventions, le directeur sera passible, de plein droit, sans mise en demeure et par l'effet seul des présentes conventions, d'une indemnité exceptionnelle de DOUZE MILLE francs, et la Commission pourra immédiatement retirer le répertoire ainsi qu'il est dit en l'article 62.

CHAPITRE VI

Ouvrages reçus par les précédents Directeurs

ART. 59. — Le Directeur s'engage à jouer les ouvrages reçus par ses prédécesseurs et à se conformer, en ce qui concerne lesdits ouvrages, à toutes les dispositions des présentes conventions, comme s'il s'agisssait d'ouvrages reçus par lui-même.

CHAPITRE VII

Nantissement

ART. 60. — Pour garantir le paiement des droits d'Auteurs et de toutes sommes qui pourraient être dues par le Directeur pour frais de poursuites ou autres, le Directeur s'engage à verser, en signant les présentes conventions, une somme de

CHAPITRE VIII

Changement de Direction

ART. 61. — Dans le cas où le Directeur ci-dessus dénommé céderait son théâtre par vente ou autrement, il s'engage à faire accepter à son successeur, à quelque titre que ce soit, toutes les clauses et obligations stipulées par les présentes conventions.

ART. 19. — Toutes conventions particulières en dehors et au-dessous des conventions générales étant, aux termes mêmes des Statuts, absolument interdites, dans le cas où il pourra être établi que le Directeur, soit personnellement, soit par ses associés, employés ou tout autre intermédiaire, a contracté des arrangements particuliers, stipulant des ventes, cessions de droits d'Auteurs, ou marchés quelconques au-dessous du tarif fixé par les présentes conventions, le Directeur sera passible, de plein droit, sans mise en demeure, et par l'effet seul des présentes conventions d'une indemnité exceptionnelle de DOUZE MILLE francs, et la Commission pourra immédiatement lui retirer le répertoire ainsi que cela sera dit à l'Article 24, ci-après.

CHAPITRE VI

Ouvrages reçus par les précédents Directeurs

ART. 20. — Le Directeur s'engage à jouer les Ouvrages reçus par ses prédécesseurs, dans les délais fixés par le présent traité ; lesdits délais calculés à partir du jour de la réception par le précédent Directeur, et à se conformer, en ce qui concerne lesdits Ouvrages, à toutes les dispositions des présentes conventions et notamment à payer les indemnités fixées par l'article 3.

CHAPITRE VII

Nantissement

ART. 21. — Pour garantir le paiement des droits d'Auteurs et de toutes les sommes qui pourraient être dues par le Directeur, pour frais de poursuites ou autres, le Directeur s'engage à verser, en signant les présentes conventions, une somme de.. francs, à titre de nantissement, étant bien expliqué que les sommes dues par le Directeur, pour droits d'Auteurs, ou pour frais de poursuites, s'appliquant à la perception desdits droits, pourront toujours être prélevées par privilège sur ledit nantissement, sans aucune mise en demeure et par le fait seul d'une sommation restée sans résultat.

CHAPITRE VIII

Changement de Direction

ART. 22. — Dans le cas où le Directeur ci-dessus dénommé, céderait son théâtre, par vente ou autrement, il s'engage à faire signifier cette cession, par acte extrajudiciaire, à la Commission des Auteurs, et à faire accepter à son successeur, à quelque titre que ce soit, toutes les clauses et obligations stipulées dans les présentes conventions.

Toutefois la Commission aura la faculté, dans le mois de l'avènement du cessionnaire (*mais elle l'aura seule*), de résilier le présent traité.

ART. 62. — En cas de falllite, les présentes conventions pourront être de même résiliées par la Commission, *mais par elle seulement*.

CHAPITRE IX

Clauses particulières au Théâtre.

ART. 63. —

CHAPITRE X

Dispositions générales. — Retrait du répertoire; durée des présentes Conventions; enregistrement et timbre.

ART. 64. — En cas de non-exécution de tout ou partie des présentes Conventions, laquelle inexécution proviendrait du fait du Directeur, elles seront considérées comme nulles et non avenues et le répertoire sera retiré à l'instant de plein droit, sans qu'il soit besoin, pour effectuer ce retrait, d'autre procédure qu'une simple mise en demeure et sans que la présente clause soit regardée comme comminatoire, ayant été, au contraire, stipulée de toute rigueur.

ART. 65. — Il est bien entendu que la suspension ou l'annulation des présentes conventions annule ou suspend de plein droit tous les traités particuliers qui pourraient exister entre le Directeur et les Auteurs Membres de la Société.

ART. 66. — En cas d'annulation et de rupture des présentes conventions, pour quelque cause que ce soit, les sommes versées dans la Caisse de Secours des Auteurs, aux termes de l'article 62, seront intégralement et définitivement acquise à ladite Caisse de Secours.

La Commission aura la faculté, dans les trois mois de cette signification, de résilier le présent traité.

En cas de faillite les présentes conventions pourront être résiliées par la Commission quand bon lui semblera.

CHAPITRE IX

Clauses particulières spéciales au théâtre

Art. 23. —

CHAPITRE X

Dispositions générales. — Retrait du répertoire, durées des présentes conventions. —
Enregistrement et timbre.

Art. 24. — En cas de non-exécution de tout ou partie des présentes conventions, provenant du fait du Directeur, elles seront considérées comme nulles et non avenues et le répertoire sera retiré à l'instant de plein droit, sans qu'il soit besoin, pour effectuer ce retrait, d'autre procédure qu'une simple mise en demeure et sans que la présente clause soit regardée comme comminatoire, ayant été, au contraire, stipulée de toute rigueur.

Il est bien entendu que la suspension ou l'annulation des présentes conventions, annule ou suspend de plein droit tous les traités particuliers qui pourraient exister entre le Directeur et les Auteurs Membres de la Société.

En cas d'annulation ou de rupture des présentes conventions, pour quelque cause que ce soit, les sommes versées dans la Caisse de Secours des Auteurs, aux termes de l'article 21, seront intégralement et définitivement acquises à ladite Caisse de Secours.

Art. 67. — Les présentes Conventions seront faites quadruple entre les parties pour une période de

à partir du

jusqu'au

Elles resteront entre les mains, savoir :

1° Du Directeur ;]

2° De la Commission des Auteurs et Compositeurs dramatiques.

3° De M. François Debry ;

4° De M. Gustave Roger ;

Ces deux derniers, Agents généraux de la Société des Auteurs et Compositeurs dramatiques.

Art. 68. — Les présentes Conventions seront enregistrées aux frais du Directeur.

Les frais de timbre seront partagés par moitié entre les parties.

Paris, le

Art. 25. — Les présentes conventions sont faites quadruples entre les parties pour une période de à partir du ....

jusqu'au ....

Elles resteront entre les mains, savoir :
1° Du Directeur ;
2° De la Commission des Auteurs et Compositeurs dramatiques ;
3° De M. François Debry ;
4° De M. Gustave Roger.
Ces deux derniers, Agents généraux de la Société des Auteurs et Compositeurs dramatiques.

Art. 26. — Les présentes Conventions seront enregistrées au frais du Directeur.
Les frais de timbre seront partagés par moitié entre les parties.

Fait quadruple, le ....

12-89. — 3817 Paris, Typ. Morris, père et fils, rue Amelot, 64.